Walter Hasenclever
Ich verliere mein Herz an Frankreich
Pariser Feuilletons

Walter Hasenclever

Ich verliere mein Herz an Frankreich

Pariser Feuilletons

Herausgegeben und mit einem Nachwort versehen von Alexander Kluy

Limbus Verlag

Die Orthografie wurde behutsam den heutigen Lesegewohnheiten angepasst, ohne inhaltliche Veränderungen vorzunehmen.

Gesetzt aus der Baskerville.

Bibliografische Information der Deutschen Nationalbibliothek: Die Deutsche Nationalbibliothek verzeichnet diese Publikation in der Deutschen Nationalbibliografie; detaillierte bibliografische Daten sind im Internet über www.dnb.de abrufbar.

Druck: Finidr, s.r.o.
Einbandillustration: © Hannah Flattinger
Lektorat: Georg Hasibeder
ISBN 978-3-99039-253-9
www.limbusverlag.at

»Unter allen Städten ist keine, die sich inniger mit dem Buche verband als Paris. Wenn Giraudoux recht hat und es das höchste menschlicher Freiheitsgefühle ist, schlendernd dem Lauf eines Flusses zu folgen, führt hier noch der vollendetste Müßiggang, die beglückteste Freiheit also, zum Buch und ins Buch hinein. Denn über die kahlen Seine-Quais hat sich seit Jahrhunderten der Efeu gelehrter Blätter gelegt: Paris ist ein großer Bibliothekssaal, der von der Seine durchströmt wird.«

Walter Benjamin, 1929

Pariser Feuilletons

Reise nach Paris

Paris, 2. Oktober [1924]

Liebe Lilly!

Als wir uns vor einer Woche, Abschied nehmend, unter der großen Normaluhr am Bahnhof trafen, baten Sie mich, Ihnen aus Paris Briefe zu schicken, Ihnen meine Erlebnisse und Eindrücke zu schildern und meine Abenteuer Ihrer Kritik zu unterwerfen. Sie verlangten etwas scheinbar Leichtes und doch sehr Schweres von mir: nämlich so zu schreiben, als säße ich mit Ihnen beim Tee und plauderte in die blaue Luft Ihres Zimmers hinein, mit jener temperamentvollen Hemmungslosigkeit, die zu unterdrücken bisher mein größter literarischer Ehrgeiz war. »Vergessen Sie«, sagten Sie, »dass die Meinung in Deutschland vorherrscht, der Schriftsteller habe nur innerhalb seines Kreises zu wirken. Denken Sie daran, dass die großen französischen Romanciers nicht nur gute Dichter, sondern zugleich ausgezeichnete Journalisten waren. Der Verlauf eines Prozesses, ein Unfall auf der Straße, ein Couplet in einem Vorstadttheater kann viel großartiger sein als

die ausgeklügeltste Abhandlung über das Wesen des Dramas. Vergessen Sie, dass Sie Gedichte und Stücke geschrieben haben. Fangen Sie von vorne an. Schildern Sie das, was ist.« Kurz: Sie gaben mir Mut auf den Weg.
Gut. Ich sitze in einem kleinen Café auf dem Boulevard St. Michel im Quartier Latin und schreibe Ihnen diesen Brief mit Bleistift. Vor mir steht ein Glas Wermut, gespritzt mit Sodawasser. Das gibt die Stimmung wieder: Dämmerung. Ich denke zurück. Drei Tage bin ich in Paris, genieße die Freuden des anonymen Spaziergängers, höre Zeitungen ausrufen, die ich nicht zu lesen brauche, schwanke durch bunte Lichtreklamen, taumle durch eine Wolke Parfüm, die ein Boulevardgeschäft auf die Passanten regnen lässt, und bin glücklich über jeden Briefträger, der mich nicht erreicht. Es ist schön, zu leben. Darf ich Ihnen gestehen, dass ich den Tag nach meiner Ankunft von morgens bis abends auf den Beinen war, ununterbrochen wandernd, sehend, atmend, staunend! Die Magie dieser ziellosen Wanderungen, der ich noch heute auf Schritt und Tritt verfalle, bringt mich um Schlaf und Essen. Zehnmal am Tage sage ich mir: Du musst etwas genießen, aber dann stehe ich plötzlich vor dem Jardin du Luxem-

bourg oder an der Ecke eines Faubourg aus Balzacs »Reichen« oder mitten auf der Rue de la Paix vor unwahrscheinlichen Juwelengeschäften, und dann geht es nicht.
Ich kann mich nicht trennen. Alles ist merkwürdig, aufregend und ungewohnt. Hier klettert eine Katze über die goldenen Buddhas in einem Antiquitätenladen, dort verkaufen geschickte Marktfrauen Obst. Und hier, jetzt lande ich wieder am Quai Voltaire, ist ein Buch von Altenberg für 3,50 Francs zu haben; auf Deutsch für 75 Pfennig!
Während dieser Umrechnungsprozess in meinem Gehirn vorgeht, sitzt eine junge Mutter auf der Bank und reicht ihrem Kinde die Brust. Ganz offen und ganz öffentlich in der warmen Sonne – gerade vor Peter Altenberg. Ich erkenne die Huldigung an den großen Liebhaber der Frauen und grüße voll Ehrfurcht nach Elysium. Das sei meine letzte literarische Reminiszenz. Ich habe mir meine Carte d'identité auf der Préfecture de Police geholt, die zum längeren Aufenthalt in Paris berechtigt, und staunend festgestellt, dass die Polizei im Gegensatz zu gewissen nördlichen Ländern von ausgesuchter Höflichkeit ist. Sollte hier der Staat für den Bürger geschaffen sein? Jeder tritt der Reihe nach

in die Halle der Obrigkeit, bekommt ruhig und freundlich Auskunft auf seine Fragen, darf sogar (man höre!) ein zweites Mal fragen, wenn er das erste Mal nicht richtig verstanden hat. Da bläst das Kind einer russischen Arbeiterfamilie fröhlich auf seiner Trompete. Mitten im Polizeibureau! Ängstlich streift mein Auge den riesigen Wachmann. Er brüllt nicht. Er lächelt. Es ist schön, zu leben.
Jetzt treibe ich über den Boulevard Sébastopol, etwas hungrig zwar, aber dort sitzt ein seltsames Wesen auf der Bank. Ein kleiner, verquollener Mann, in Lumpen und Stoppelbart, wie ein Igel in sich verknäuelt, zappelnd, murmelnd. Was macht der Mann da? Er kratzt seine Läuse! Und die schönsten Frauen gehen vorüber.
Ein Auto hält. Eine Inderin steigt aus und schwebt in ein Seidengeschäft. Ich sehe ihr braunes Gesicht, die hellrot gemalten Lippen. Wie sie schreitet! Ich stehe immer noch an derselben Stelle. Nein. So geht es nicht weiter. Telegraphieren Sie mir, dass ich essen soll!
Ich weiß nicht, ob ich es wagen darf, Ihnen in diesem Ton der Bewunderung Paris zu schildern, das die Illusion des Märchenlandes in mir erweckt; in jedem Laternenanzünder sehe ich Aladin mit der Wunderlampe, obwohl die

Straßenbeleuchtung ganz automatisch funktioniert. Ihr Gatte, den die strenge Sachlichkeit des nationalen Gedankens auszeichnet, könnte einwenden, ich verliere mein Herz an Frankreich. Aber ich bin entschlossen, mich nicht um Politik zu kümmern. Es interessiert mich ganz und gar nicht, was Herr Poincaré heute sagt und was Herr Gräfe ihm morgen antwortet; ich bin so naiv zu glauben, dass es auch die andern nicht interessiert, wenn es nur in der Zeitung steht. Das Einzige, was ich wirklich begriffen habe – wenn ich zum ersten und letzten Mal in meinen Briefen politisch werden darf – ist die Tatsache, dass sowohl das deutsche wie das französische Volk seine Ruhe haben will. Ich sah in einem kleinen Theater auf dem Montparnasse ein Stück, gegen die politischen Drahtzieher gerichtet. Ich hörte, wie ein Publikum von Arbeitern stürmisch applaudierte, als das Wort von der Verbrüderung der Massen fiel. Lassen Sie uns in einem Augenblick, wo der Traum der Vereinigten Staaten von Europa durch den Eintritt Deutschlands in den Völkerbund Wirklichkeit werden soll, vergessen, dass es Grenzen und Rassenunterschiede gibt. Ein großer Dichter, den Sie lieben, hat einmal gesungen: »Alle Menschen werden Brüder!« Und es ist noch sehr die Frage, ob Schiller Jude war. Wir müssen aufhören zu debattieren. Wir müssen wieder leben. Mit der leisen Wehmut über die Vergänglichkeit aller Freuden bitte ich, Ihnen die Freuden der Welt schildern zu dürfen. Paris ist nicht die Welt, aber die Welt ist Paris! Und wenn Ihr Gatte, verärgert über einen Artikel des »Matin«, meinen Brief ins Feuer wirft, so erlauben Sie mir, Ihnen postlagernd zu schreiben. Sagen Sie ihm das!

Für heute Abend aber, liebe Lilly, nehme ich Abschied von Ihnen. Es ist 12 Uhr nachts, die Lichträder drehen auf Montmartre, ein warmer Wind weht über die Boulevards. Noch hat die Saison nicht begonnen, also kann ich Ihnen noch nichts von den Theatern melden. In meinem nächsten Briefe werde ich Ihnen einige merkwürdige Geschichten erzählen, von Selbstmördern, Cafés chantants, von Bettlern und von Lumpensammlern, und eines Nachts werden wir einen Streifzug durch das helle und dunkelste Paris unternehmen. Dann sollen Sie auch hören, was Strümpfe und Kleider kosten, wir werden einen Augenblick bei Guerlain verweilen, im Monico tanzen und morgens um 4 Uhr Austern essen. Schon heute kann ich so viel sagen: Paris ist die Stadt, in der die Armen wie die Reichen auf der gleichen Stufe der Menschenwürde leben können. Ob sie fünf oder hundert Francs für Ihr Abendessen bezahlen, ob Sie ein Viertel Wein für 55 Cent oder eine Flasche Sekt für 200 Francs bestellen: Sie sind ein gleichberechtigter Gast dieser Erde, dessen Zugehörigkeit zur menschlichen Gesellschaft weder am Schnitt seines Anzuges noch an der Farbe des Hemdes gemessen wird. Sie dürfen sogar in sämtlichen Nachtlokalen mit schiefen Absätzen tanzen! Sagen Sie Ihrer Freundin Li, in Paris kann jeder Deutsch sprechen. Der kategorische Imperativ dieses Landes heißt Höflichkeit; die Nationalität spielt keine Rolle mehr. Mein Gott, es ist halb eins. Seit einer Stunde wartet Marilon. Marilon, der früher in Monte-Carlo und jetzt in Olympia tanzt. Vom Montparnasse, wo ich wohne, bis zur Opéra ist es eine Viertelstunde im Auto, das kostet 5 Francs gleich einer Mark. Dieser Satz soll jede Eifersucht Ihres Gatten zerstreuen. Ich fahre zu Marilon. Leben Sie wohl!

Selbstmörder

Paris, im Oktober [1924]

So fängt es an. In der Rue de de la Gaîté, auf Deutsch: Straße der Fröhlichkeit, wo die kleinen Theater und Singspielhallen des Montparnasse allabendlich von einer fröhlichen Menge bevölkert werden, entsteht ein Aufruhr. Was ist geschehen? Ein Krüppel schleift durch die Straße. Er geht nicht auf Füßen, er geht auf Krücken, hinter ihm ragen die Beinstümpfe in einem Winkel von 160 Grad in die Luft. Was hat dieser Mann? Weshalb schreit er so? Er tobt und flucht ja entsetzlich. Vielleicht ist er etwas betrunken, oder es hat ihn plötzlich das Elend der Welt gepackt. Er weiß sich nicht mehr zu helfen und brüllt einfach los, brüllt wild und grauenvoll in den Abendhimmel, ganz sinnlos und unaufhörlich und schleppt die Beinstümpfe hinter sich her. Die Passanten bleiben stehen. Keiner lacht. Das große Grauen, Mensch zu sein, unter so viel Unglücklichen, kriecht allen ins Herz. Jetzt hält der Mann vor den erleuchteten Fenstern eines großen Restaurants. Er hebt sich auf seinen Krücken herauf, sieht den Essenden auf die

Teller. Dann lässt er die eine Krücke fallen und macht mit der Hand pantomimisch die Geste des Essens und Trinkens. Und schreit wieder, schreit so durchdringend und entsetzlich, dass den Gästen das Glas aus der Hand fällt. Erschreckt stürzen die Kellner zur Türe. Sogar die Polizisten stehen ratlos in ihrem schwarzen Umhang an der Straßenecke, niedergeschmettert vom Unglück eines Menschen, der, ausgespült aus dem großen Meer des Leidens, in der Straße der Fröhlichkeit schreit.

Dieser konnte noch schreien. Manchmal aber bleibt der Schrei in der Kehle stecken, dann ist es soweit. An einem schönen Herbsttage, mittags um 12 Uhr, stürzt sich bei Lille ein Mensch in den Kanal. Ein anderer, der dabei steht, springt ihm nach und rettet ihn. Kaum ans Ufer gebracht, beginnt der Gerettete seinen Retter wüst zu beschimpfen. »Was, zum Teufel, mischen Sie sich in meine Angelegenheiten! Was geht Sie mein Tod an? Scheren Sie sich zum Henker!« Es folgt eine Aufforderung, die aus technischen Gründen unerfüllbar blieb, denn bevor ihn noch jemand hindern konnte, springt der Betreffende von neuem in den Kanal. Diesmal aber, berichten die Augenzeugen, wagte niemand, ihn zu retten und so wird er wahrscheinlich ertrunken sein.

Nicht alle haben dasselbe Glück. Im fünften Stock eines Pariser Hotels öffnet ein Herr das Fenster und springt ohne weiteres auf die Straße. Der liebe Gott, in der Laune eines Filmregisseurs, lässt in diesem Augenblick unten in einem Café die Marquisen aufziehen; der Herr fällt weich und landet wohlbehalten vor einem Schutzmann. Auf die Frage, was das bedeute, gibt er zu, sich das Leben nehmen zu wollen. Gut, sagt der Schutzmann, er soll es nicht wieder tun. Der Herr geht nach oben, wartet geduldig, bis die Marquisen eingezogen werden, und springt noch einmal aus dem Fenster. Diesmal bricht er sich das Nasenbein. Der Tod will ihn nicht.

In einer südfranzösischen Stadt steigt eines Morgens ein wohlbeleibter, etwa fünfzigjähriger Herr aus dem Bett, zieht seine besten Kleider an, begibt sich zum Bürgermeister und bittet ihn höflich aber dringend, ihm doch heute Nachmittag um 3 Uhr einen Mann zum Abschneiden seines Leichnams in die Wohnung zu schicken, da er sich kurz vor drei erhängen wolle. Alles in Ordnung. Der Bürgermeister lächelt. Der Mann nimmt seinen Hut, fährt zu seinen sämtlichen Freunden und Bekannten in der Stadt, macht ihnen einen offiziellen Abschieds-

besuch und plaudert mit ihnen. Glas auf Glas wird geleert, ein opulentes Diner krönt den heiteren Einfall. Punkt ½ 3 Uhr steht der Mann auf, lädt alle Anwesenden zu seinem Begräbnis ein, geht nach Hause, nimmt eine Sackschnur und hängt sich in seinem Schlafzimmer auf.
Der Mann, der dies tat, wurde nicht im Pantheon beigesetzt, obwohl er ein Recht hätte, neben den größten Helden zu ruhen. Eine notdürftig geordnete Welt misst die Taten der Menschen nach dem Gesetz von Ursache und Wirkung, wobei sich der Satz, dass kleine Ursachen große Wirkungen haben können, auch umkehren lässt. Diese sachliche Art des Sterbens, die in keinem Lehrbuch der Geschichte jemals verzeichnet sein wird, weil ihr die heroische Resonanz fehlt, hat in ihrer Unabänderlichkeit eine solche Gewalt, dass es schwer ist, keine Satire gegen sich selber zu schreiben. Denn einmal im Leben an irgendeiner Stelle packt uns die kalte Hand am Genick und dreht uns mit dem Gesicht zur Wand. Dann pflegt man gewöhnlich die Augen zu schließen. Wer sie aber öffnet und ins Nichts gesehen hat, kehrt nicht wieder zuruck.

Pariserinnen

[Oktober 1924]

Wer in der Hauptstadt seines Kleinstaates das Wort Paris hört, dem sträuben sich je nach seiner Natur in angenehmer oder unangenehmer Weise die Haare. Paris, denkt er, diese Stadt der Laster und Ausschweifungen; dies Sündenbabel der Orgien, dies Amüsierzentrum der Welt. Ein schöner Höllenpfuhl, diese Stadt! Und dann kommt er am Gare du Nord an und fragt den ersten besten Vertreter seines Hauses: »Sie, wo ist denn hier etwas los?« Worauf man ihn prompt nach Montmartre in eines jener unzähligen Nachtlokale entführt, wo der schlechteste Sekt und die teuersten Kokotten herrschen und die Herren aus U.S.A. schon dafür gesorgt haben, dass der letzte Zauber des Pariser Lebens rechtzeitig entschwunden ist. Das pflegt dem Betroffenen gewöhnlich den Seufzer zu entlocken, es sei in seiner Hauptstadt auch nicht besser, womit er unbedingt recht behält, denn der Nepp ist überall der gleiche. Wenn man diesen Kenner des Pariser Nachtlebens dann am nächsten Morgen mit beschwertem Kopf und erleichterten Taschen beim Portier seines Hotels in Rechnung gibt, so kann man schwören, er wird bei der nächsten Gelegenheit am heimatlichen Herd in die Prophezeiung ausbrechen: »Paris? Ich habe es kennengelernt. Bleiben Sie mir damit vom Leibe!«

Der Fremde in Paris ist ein düsteres Kapitel. Die fixe Idee, hier sei der Ort des schrankenlosen Vergnügens, hat es fertiggebracht, dass die Kellner und Kokotten in dieser Stadt die besten Menschenkenner sind. Jeder wird so behandelt, wie er sich amüsieren will. Sage mir, was du verlangst, und ich sage dir, was du wert bist.

Wenn man von den stereotypen Stätten der internationalen Zerstreuung absieht, die von Broadway bis zur Friedrichstraße dieselben sind und höchstens einen Unterschied an Quantität, weniger an Qualität aufweisen, was bleibt dann das Merkmal der Pariserin? Zunächst etwas Auffallendes – ihre Unnahbarkeit. Wo immer man ihr begegnet, auf der Straße, im Restaurant, in der Untergrundbahn, beim Einkaufen, im Theater oder im Kino: Es wird kaum gelingen, diesen zarten Flirt der Augen zu beginnen, der in anderen Ländern so sehr in Mode ist. Es möge jemand einmal versuchen, eine Frau länger anzusehen, als ihr lieb

ist; ich garantiere ihm, er versucht es nicht ein zweites Mal. Im überfüllten Autobus wird sich nirgendwo eine Bekanntschaft aufgrund geschickt placierter Füße und Knie entwickeln; diese Straßenerotik ist der Pariserin fremd. Pariserin – unter diesem Sammelbegriff sei die Frau jeder Gesellschaftsklasse verstanden, von der Hausfrau bis zum Mannequin, vom Modell bis zur Näherin. Dass die Damen des Vergnügens einem besonderen Kodex unterliegen, und die verheirateten Frauen in Paris ihre Männer ebenso betrügen wie beispielsweise in Cottbus, ja, wenn man den Lustspielen der Pariser Theater glauben darf, noch mehr als in Cottbus, ist ein Fall für sich.
Vielleicht wird in Paris mehr geliebt und weniger geflirtet. Die Selbstverständlichkeit, mit der sich zwei Liebende im Café oder auf der Straßen umarmen und küssen, ohne dass jemand Anstoß daran nimmt, die Ungezwungenheit, mit der überhaupt von der Liebe gesprochen wird, beweist nur ihre Lauterkeit. Man hat das Gefühl, diese Frauen brauchen nicht zu lügen, weil sie nichts zu verheimlichen haben. Es ist keine Schande, geliebt zu werden, ebenso wenig wie es ein Verbrechen ist zu lieben. Der Kuppeleiparagraph existiert hier nicht. Damit stürzt

eine Mauer von Betrug, Verheimlichung und Erpressung. Die Geheimnisse des Schlafzimmers sind der polizeilichen Kontrolle entzogen. Die Liebe ist sakrosankt.
Ich will nicht untersuchen, ob diese Gesetzgebung den moralischen Zustand eines Volkes hebt oder senkt; ich sehe nur, dass die wichtigsten und tiefsten Erlebnisse der Menschen sich freier, natürlicher und unmittelbarer entwickeln, dass weniger geschwindelt und stärker gelebt wird. Die Frauen sind zärtlicher, denn sie sind unbefangener, und Glück und Freude zu äußern ist menschlich.
Es wäre falsch, daraus den Schluss einer allgemeinen Hemmungslosigkeit zu ziehen. Das Gegenteil ist richtig. Wie sich überhaupt dem, der Paris näher kennt und es nicht nur aus der Perspektive des Provinzonkels betrachtet, sehr bald das Absurde mancher Vorurteile offenbart, mit denen man in der Schule großgezogen ist. Was im Baedeker der öffentlichen Meinung steht, muss deshalb noch lange nicht wahr sein, und das Märchen von der Pariser Sittenlosigkeit ist genauso töricht wie es etwa die Anschauung des Parisers wäre, der Berliner fräße nichts als Sauerkraut und Wurst. Der Schriftsteller, der das relative Glück genießt, auf dieser Erde zu

leben, hat dann und wann die Pflicht, die Wahrheit zu sagen, gleichgültig, ob zwei Völker sich mögen oder nicht. Und er wird, falls er sich nicht dieser oder jener Partei verschrieben hat, meist auf dem Standpunkt stehen, dass es besser in der Welt bestellt wäre, wenn weniger gelogen würde. Das nebenbei.

In Mitteleuropa herrscht das Versteckspiel der Geschlechter; in südlichen Ländern ist die Liebe selbstverständlich. Sie ist notwendig wie Essen und Trinken, Schlafen und Arbeiten, sie ist eine der wenigen angenehmen Aufgaben des Daseins, um deretwillen die Menschen nicht aus dem Paradiese vertrieben worden sind. Wenn sich in Paris ein junger Mann das Leben nimmt, so wird man meist mit Bedauern feststellen, dass er keine Freundin hatte. Das erklärt die große Bedeutung der Frauen in den Romanen der französischen Literatur. Nur auf diesem Boden konnte Balzac seine unsterblichen Liebhaberinnen erfinden, nur hier konnten Nino, Mimi und Madame Bovary gedeihen. Wer mit offenen Augen durch die Straßen geht, begreift, weshalb Balzac plötzlich eine gelehrte Unterhaltung unterbrach, nur um zu sehen, wie eine Frau aus dem Wagen steigt. Das erklärt auch die Erfolglosigkeit der Strindberg'schen Dramen in

Paris; der Typus der intellektuellen, analysierenden Frau kommt hier nicht zur Geltung. Das ist das Geheimnis der fehlenden Romanliteratur in den nordischen Ländern, von wenigen genialen Dichtern abgesehen: Bei uns werden Romane geschrieben, hier werden sie erlebt.

Denn hier ist jede Frau ein Roman. Wenn sie spricht, beginnt das erste Kapitel; wenn sie lächelt, wird der Roman gedruckt. Sie ist der Mittelpunkt, um den sich alles dreht; für sie wird gekämpft, gelitten und verschwendet. Das Sprichwort »Cherchez la femme« hat neben seiner Ironie noch eine tiefere Bedeutung: Es ist eine Antwort auf die Frage nach dem Sinn des Lebens, ein Beitrag zur Metaphysik der Liebe.

Wie sehen nun diese Wesen aus, deren Anmut die größten Geister entzückt hat? In Wirklichkeit sind sie gar nicht so schön. Sie haben weder das klassische Profil noch die amerikanische Hübschheit; es fehlt ihnen die rassige Schlankheit der deutschen Frauen. Dafür sind sie imstande, mit fünfzig Jahren auf der Bühne noch wie Neunzehnjährige auszusehen. Sie haben einen ungeheuren Vorsprung vor allen Völkern: die Phantasie. Sie sind schön von innen her; gewissermaßen aus Überzeugung. Deshalb können sie sich die extravagantesten Dinge in der Färbung des Gesichtes und im Schnitt der Kleider erlauben, denn sie verlieren nie die Harmonie ihrer ganzen Erscheinung; niemals wirken sie als Detail. Sie haben die Fähigkeit, an sich zu glauben und alles in der Welt auf sich zu beziehen. Diese scheinbare Schwäche ist ihre Stärke; sie zwingen auch uns diesen Glauben auf. Sie geben sich hin, nur um uns fühlen zu lassen, dass wir sie niemals besitzen werden. Dieser sphärische Duft: der Klang ihrer Stimme, ihr Lächeln, ein halbgesprochenes Wort, ein entschwebender Tanz ist das Unerreichliche. Völker werden vergehen und Kriege verloren werden; diese Frauen sind unsterblich, weil sie lieben können.

Flohmarkt

[Januar 1925]

Das Wort Bric-à-Brac hat für alle Franzosen einen magischen Klang. Es bedeutet, dass die Freude am Einkauf durch den Genuss der Phantasie noch überboten wird. Denn Bric-à-Brac ist das bunte Durcheinander von allen möglichen Waren, Antiquitäten, Kuriosen, gebrauchten und nicht gebrauchten Gegenständen, vom unentdeckten Rembrandt bis zur gefälschten Rosshaarmatratze. Nehmen wir an, eine Pariser Straße bestehe aus zehn Häusern, so wären mindestens neun davon Hotels und das zehnte ein Bric-à-Brac-Laden. Friedlich modern exotische Vögel neben chinesischen Göttern, Rokokouhren dämmern über empirnen Sesseln, auf Sèvresvasen thronen Bernsteinpfeifen, und die unvermeidliche Katze schleicht über die Perserbrücken.
Das Bric-à-Brac ist der Louvre des kleinen Mannes. Nicht umsonst hat sich Balzac in seinen Romanen so oft an der Beschreibung von Antiquitätenläden berauscht, die er aus bester Erfahrung kannte, denn alles Geld, das er vor seinen Gläubigern verbarg, wanderte zum

Althändler. Vor den Schaufenstern der Rue des Saints-Pères und des alten Montmartre steht auch heute noch mancher Vetter Pons auf der Suche nach verborgenen Schätzen; wenn auch die Preise gestiegen sind, die Möglichkeiten bleiben immer dieselben.

Der Einkauf beim Althändler gehört zum täglichen Leben des Parisers wie das Hors d'œuvre und der Wein zum Essen. Nirgends ist die Auswahl so groß, der Handel so delikat, das Kaufen so amüsant als in diesen verstaubten Museen. Und außerdem ist es billiger. Die ganze Geschichte des Volkes, sein verschwenderischer Reichtum, seine Erfindungsgabe und die Liebe zu schönen Dingen offenbart sich in der kleinsten Bude. Hier ist jeder Winkel ein Kolleg für Kunsthistoriker. Man sollte die Prüfungen aus dem Institut ins Bric-à-Brac verlegen.

Ein besonderes Merkmal des Pariser Lebens ist das unbedingte Vertrauen auf gegenseitige Ehrlichkeit, das auch der Krieg nicht erschüttert hat. In allen Quartiers, sogar im Zentrum der Stadt, sind die Waren vor den Läden ausgebreitet. Das Geld liegt sozusagen auf der Straße. Unbewachte Eier, Früchte, Weine lächeln den Vorübergehenden an. Keiner denkt daran, sie zu stehlen.

Ich wohne in einem kleinen Häuschen oben auf dem Montmartre, das mir ein befreundeter Maler vermietet hat. Seit Wochen schlafe ich bei unverschlossenen Türen. Schlüssel gibt es im ganzen Haus nicht. Diebstähle? In dieser Gegend ist nie etwas geschehen. Die einzigen Einbrecher sind die Katzen.
Der Kohlenhändler bringt die Kohlen, der Holzhändler das Holz; der Postbote legt die Briefe ins Zimmer. Kein Gegenstand im Hause ist jemals berührt worden. Nicht Gelegenheit, sondern Misstrauen macht Diebe.
In Paris liegen überall im Umkreis von wenigen Metern die Lebensmittelgeschäfte beisammen. Von morgens fünf bis abends neun wird frisches Brot gebacken. Austern gibt es an jeder Straßenecke. Ein Liter guter Wein kostet 1,80 Francs, auf deutsch 32 Pfennige. Man kauft sein Essen über die Straße ein und lebt buchstäblich von der Hand in den Mund.
Der Sonntag, der sich hier vor andern Ländern dadurch auszeichnet, dass man bis zum späten Abend alle essbaren Dinge kaufen kann, hat für mich einen besonderen Reiz. Jeden Sonntagnachmittag zwischen zwei und fünf Uhr besuche ich eine Premiere, die in keinem Theater so gut gespielt wird, obwohl es kein Stück ist, son-

dern nur ein Markt. Sozusagen ein Bric-à-Brac für Eingeweihte. Eine Trödelkammer großen Stils.

Am äußersten Ende des Montmartre, jenseits der Vergnügungsboulevards, an der Porte de Clignancourt, wo kein Amerikaner mehr hinkommt und das eigentliche Paris lebt, ist die Erde mit Gegenständen gepflastert. Vorsintflutliche Frauen, dick wie Mammuttiere, schmutzig wie die ersten Menschen, mit Schnurrbärten aus dem Wachsfigurenkabinett, thronen am offenen Feuer. Alte Hosen und Mäntel bauschen sich über zierliche Miniaturen; Türklinken und Ofenrohre rosten zwischen silbernen und perlmuttenen Dosen, und junge Hunde, das einzig Moderne in dieser Requisitenkammer der Vergangenheit, werden im Dunst ölgebratener Fische feilgeboten. Sonst ist alles wie im Urwald. Man muss Moraste und Sümpfe durchqueren. Der Dreck spritzt zum Himmel.

Hier herrscht die Undurchdringlichkeit aller Dinge. Wenn die Menschen wirklich mit den Gegenständen verknüpft sind, wenn uns auf der langen Wanderung durch die unendlichen Lebensphasen geheimnisvolle Symbole begleiten, dann treffen sich hier vielleicht alte Bekannte wieder. Wer weiß, ob nicht der polnische

Arbeiter, der drüben den alten Spazierstock kauft, einst mit ihm durch die Gärten der Tuilerien gewandert ist, bevor ihn die Revolution als Staatseigentum erklärte; denselben Stock, den er jetzt auf der Rückreise nach Warschau auf dem Potsdamer Platz spazieren führt. Was hindert uns, das Gesetz von der Erhaltung der Energie auch auf die Substanz auszudehnen, die wir selber sind? Wer einen Augenblick, losgelöst von der dreidimensionalen Betrachtung, die Gleichzeitigkeit des Geschehens, das Ineinander im Durcheinander der Welt erkennen könnte, würde die tiefe Beziehung zwischen Menschen und Dingen sehen; und nicht die Klänge der Jazzband, die ein besonders findiger Händler zur Reklame auf seiner Zeltbahn ertönen lässt, würden ihn in dem Glauben beirren, dass alles zurückkehrt und sich wiederfindet … Dieser Markt, auf dem sich jeden Sonnabend und Sonntag das gleiche Spiel, wenn auch mit anderen Gegenständen und Menschen wiederholt, hat einen sonderbaren Namen: er heißt: »Der Flohmarkt«. Es gibt Leute, die behaupten, das käme von den vielen Flöhen, die man hier fängt. Oder sollte früher einmal ein Flohzirkus hier gehaust haben, zu einer Zeit, als die Flöhe noch Schauspieler waren und nicht, wie heute, frei in der Welt sprangen? Es ist mit den Flöhen ähnlich wie mit den Menschen. Wenn man sie loslässt, richten sie Unheil an. Und so wäre es besser, sie hätten wieder einen Beruf.

Paris um 3 Uhr nachts

[Februar 1925]

Korrektur

Wenn Julius Cäsar noch einmal Frankreich eroberte, würde er die Neuauflage seines berühmten Buches »De bello Gallico« beträchtlich umkorrigieren. Ganz Gallien, müsste es jetzt heißen, zerfällt in drei Teile: Den einen bewohnen die Amerikaner, den anderen die Russen, den dritten die Franzosen. Auch sonst hätte dieser große Feldherr, der mit seinen Kollegen den Ruhm des Schriftstellers teilt, unserer Zeit Rechnung zu tragen. Er würde Mitglied des Schutzverbandes werden, sich einen Verleger suchen, Vortragsreisen unternehmen und sein Honorar in Kriegsanleihen anlegen. Denn es steht kaum zu befürchten, dass er dem Beispiel eines französischen Generals folgen und sich gegen den Krieg erklären würde. Worüber sollte ein Feldherr schreiben, wenn es keine Kriege mehr gibt.

Erscheinungen

Wir, die ein gütiges Schicksal davor bewahrt,

den »Gallischen Krieg« noch einmal zu lesen, streifen durch die Nacht. Wenn alte Freunde auf den Boulevards eintreffen, dann ist es um die Nachtruhe geschehen. Die schöne Jugendzeit, als man noch, von keiner Polizeistunde gehemmt, über Gott und die Welt diskutierte, bricht mit Macht hervor. Die Nächte haben sich nicht verändert.

In ein kleines Café an der Place de Clichy tritt eine Frau. Sie setzt sich an einen Tisch, bestellt ein Bier, beginnt zu sprechen. Mit wem redet sie eigentlich. Es ist niemand da. Sie ist schon alt, hat rötlich gefärbtes Haar, ist gepudert und geschminkt. Sie redet mit Nachdruck, ernst und würdig, etwas resigniert; manchmal lacht sie ironisch dazwischen.

Sie ist mitten in einer Unterhaltung und hört die Antworten ihres unsichtbaren Gegenübers. Sie berührt seinen Stuhl, macht Einwände, kokettiert mit ihm und will sich nicht überzeugen lassen. Ihre Arme bleiben einen Augenblick beschwörend in der Luft, dann fallen sie kraftlos herunter. Sie hat ein schlechtes, geflicktes Kleid an, es ist schadhaft an den Ärmeln. »Eine arme Irre«, lächelt der Kellner.

Sie spricht mit einem Mann. »Was hat das für einen Zweck«, sagt sie, »so sind die Menschen.«

Und dann nimmt sie den Lippenstift aus der abgenutzten Tasche und fährt sich mit einer monotonen Bewegung immer und immer wieder über die Lippen.
Die Gäste betrachten dies merkwürdige Schauspiel. Die Austernverkäuferin blickt durch die Scheiben.
Was geht hier vor?
Da sitzt eine alte Frau, allein und verlassen am Tisch. Und wie vor einem Spiegel, in dem die Freuden des Lebens noch einmal erscheinen, nickt sie und lächelt sich zu.
Drei Kartenspieler nebenan, die ihre Witze machten, verstummen. Die Kellner lachen nicht mehr. »Das Alter«, sagt jemand hinten in der Ecke.
»Mein Gott«, sagt die Frau zu den Kartenspielern, »ihr seid ja noch Kinder. Als ich so jung war, wie ihr …«.
Der Stift färbt unaufhörlich weiter. Jetzt sind die Lippen schon ganz rot. Wieder hebt sie die Arme und zeigt auf einen Punkt in der Luft. Ein zerfranstes Tuch fällt von ihren Schultern.
Draußen tanzt Paris.

Bal Musette
In der Nähe der Bastille. Eine venezianische

Gasse. Die Ballgasse der Zuhälter und Dirnen. Ein Stück Marseille. Den Kragen hochgeklappt, den Hut in die Stirn gedrückt und Vorsicht vor allzu großer Vertraulichkeit. Manchmal wird ein bisschen geschossen; die Polizisten wandeln zu zwei und zwei.

Keine Fremden; weder aus der fünften Avenue noch vom Kurfürstendamm. Der Kirsch kostet immer noch einen Franken. Sekt wird nicht verlangt. Ich würde es auch keinem raten.

Tiefe, dunkle Toreingänge, darüber ein Schild »Hotel«. Gefährliche Höfe. Lärm und Gaslicht. Jeder Tanz wird extra bezahlt. Zwei Hünen auf Stühlen treiben das Tanzgeld ein; kein Paar entgeht ihrem Blick.

Ein blauer Nebel von Rauch und Dunst schwimmt unter der niedrigen Decke. Die Kavaliere mit dem bunten Halstuch halten auch beim Tanzen den Hut auf dem Kopf. In dieser Apachenszenerie stehen würdevoll zwei Wächter der Garde Nationale als Repräsentanten des Staates in ihrer prächtigen Uniform an der Tür; anscheinend, weil sie benötigt werden.

Geredet wird wenig. Man kennt sich aus.

Sehenswerte Neger und schöne, weißgeschminkte Mädchen jagen vorbei. Die Musik tobt.

Hier haben die Herren eine merkwürdige Art, die Damen zu engagieren. Sie pfeifen ihnen kurz zu. Und dann geht es los.

Der Garten Eden

Nehmen wir an, jemand habe um 3 Uhr nachts einen schönen Traum. Er sähe in seiner hungrigen Phantasie sämtliche Früchte der Erde, die herrlichsten Salate, Kürbisse, groß wie Elefanten, aufgespießte Rinder und Schweine, Fische, Hummern und Austern, Berge von Blumenkohl und Spinat …

Diesen Anblick kann er in Wirklichkeit haben. Er kann seine Träume korrigieren. Er braucht nur in die »Hallen« zu gehen.

In langen Zügen rollen die Autobusse an. Waggons stehen mitten zwischen den Häusern. Auf offener Straße wird abgeladen. Unter Mond und Sternen türmen sich paradiesische Stillleben auf. Es riecht nach Knoblauch und frischem Obst. Ein Heer von Arbeitern, Kutschern, Männern und Frauen der Hallen ist tätig, während nicht weit davon in Nachtlokalen die Jazzband zirpt. In kleinen Schenken gibt es Kaffee, Beefsteak mit Bratkartoffeln und die berühmte Zwiebelsuppe. Man isst, man flucht, man schwitzt und man lacht.

Alles um 3 Uhr nachts.
Dieser Markt ist die Amme von Paris. Felder und Gärten duften in einer riesigen Stadt. Der Reichtum der Erde welkt in einem Bergwerk voll Schmutz. Und Blumen!
Morgens um acht kommen schöne Frauen, ungeschminkt, in Hausschuhen, und kaufen ein. In der kleinsten Bude von Paris gibt es jeden Tag die frischesten Waren.
Ein Krüppel steht an der Ecke. Sein rechter Arm ist verstümmelt, mit dem linken macht er das Hemd auf und zeigt eine tiefe Narbe quer über den Bauch. Das war der Krieg.
Das Leben geht weiter.

Der Schlaf der Armen
Jetzt sind die großen Boulevards wie ausgestorben. Nur auf der Place Pigalle zucken noch bunte Lichtflammen. Herren in Smoking und Damen in Pelz entschweben im Auto in gut gewärmte Hotels. Die Rechnung wird beglichen. Es macht ein paar lumpige tausend Francs.
Draußen auf der nackten Straße vor dem Gitter der Nordsüdstationen liegen Menschen und schlafen. Sie haben kein Geld für ein Zimmer, also müssen sie auf der Straße schlafen. Sie haben sich angestellt, um einen guten Platz zu be-

kommen, denn aus den unterirdischen Löchern quillt die letzte, abgestandene Tageswärme, und davon nähren sie sich, wie von den Fleisch- und Brotresten der Abfalleimer.
Wie viel Menschen sind eigentlich im Krieg gefallen? Wie viel Sekt wird nachts auf Montmartre verzehrt? Weshalb sieht man so wenig herrenlose Hunde und so viel obdachlose Menschen? Nein. Es hat keinen Zweck, darüber nachzudenken. Wir haben Präsidenten und Staatsmänner. Wir zahlen Steuern. Ich glaube an den Fortschritt der Welt.

Renoir wird versteigert

Paris, 25. Juni [1925]

Eine der schönsten Bildersammlungen in Privatbesitz wurde am Mittwoch und Donnerstag im Hotel Drouot versteigert: 160 Renoirs und mehrere Cézannes der Sammlung *Maurice Gangnat*.
Die Rue Drouout war mit Autos vollgestopft. Die größten Sammler und Kunsthändler der Welt waren erschienen oder hatten sich vertreten lassen. Sogar Japaner waren anwesend. Es wurden märchenhafte Preise geboten. Die kleinsten Bilder erzielten Summen von 50.000 bis 100.000 Francs. Der steigende Dollar überbot alles. Das berühmte Bild von Renoir »La Baigneuse blessée« ging für 506.000 Francs fort, wozu noch etwa 20 Prozent für Spesen und Steuern hinzukommen. »La Femme au Bouquet«, eins der schönsten Bilder Renoirs, brachte es auf 312.000 Francs.
Eine Schlacht entspann sich um Cézannes »Le grand arbre au lieu dit Montbriand«, der für 528.000 Francs einen Käufer fand. Um den französischen Staat zu versöhnen, hatte der Besitzer dieser Reichtümer einen Renoir aus

seiner Sammlung, »La Gabrielle à la rose«, dem Louvre geschenkt.

Selten war das Werk eines Meisters in dieser Vollständigkeit vertreten. Der Saal des Hotels Drouot ist rot ausgeschlagen. Wie Kulissen hängen die Vorhänge hinab. Halb Museum, halb Börse. Auf der Bühne steht der Auktionator und dirigiert das Orchester der Zahlen. Geschickt werden die Käufer gegeneinander gehetzt. Mit eleganten Bewegungen holt man ihnen die Tausender aus der Tasche. Links, rechts und in der Mitte die Raubritter des Kunsthandels.

Im blassen Licht des regnerischen Nachmittags leuchten die schönen Farben der Bilder. Bei großen Objekten bemächtigt sich des Publikums jene fieberhafte Erregung wie beim Rennen. Dann steigen die Damen auf die Bänke und zittern. Die Stimmen werden heiser. Nur der Auktionator mit seiner weißen Perle bleibt ungerührt. Er steigert das Adagio und mildert das Forte. Crescendo. Geschäft ist Geschäft.

Bescheidene Diener tragen die Bilder zwischen den Summen spazieren. »Les Anémones« (110.000 Francs). »L'Enfant jouant« (155.000 Francs). »Les Femmes au chapeau« (190.000 Francs). Im allgemeinen werden Figuren höher bezahlt, Landschaften bleiben etwas zurück.

An manchen Sonntagen im Monat gibt es auf Montmartre unter Sacré-Cœur auf offener Straße einen Bildermarkt. Da kommen die Maler mit ihren Freundinnen hin, hängen ihre Bilder zwischen den Bäumen auf und verkaufen sie für 10, für 20, für 30 Francs. Der ganze Platz hängt voll. Es geht harmlos und fröhlich zu. Weder Autos noch Auktionator. Man sitzt auf der Straße.
Von Montmartre bis zur Rue Drouot ist ein weiter Weg …

Das Gastmahl der 50 Feinschmecker. Ein Menü, wie es nur alle fünf Jahr gegessen wird. Das Pariser Festessen zu Ehren des toten Brillat-Savarin

[Februar 1926]

Hätte Kant das Buch seines Kollegen Brillat-Savarin »Die Physiologie des Geschmacks« gekannt, er hätte vielleicht nie den kategorischen Imperativ entdeckt. Oder er hätte zum mindesten dem Sittengesetz in uns und dem gestirnten Himmel über uns einen Speisezettel aus des Meisters Küche beigefügt, in der wahren Erkenntnis, dass ein gut zubereitetes Omelette das innere Gleichgewicht stärkt.

Kant gönnte sich, wie wir wissen, einen einzigen Luxus in dieser Welt der Erscheinungen: Er liebte ein reichliches Mahl. Ein Problem, würdig einer Dissertation, wäre die Frage, welchen Einfluss die Küche der Philosophen auf die Richtung ihrer Gedanken ausgeübt hat. Der große Denker in Königsberg litt öfters an Verdauungsbeschwerden, hervorgerufen durch fette Speisen. Die Wissenschaft hat nachgewiesen, was und wie viel er täglich gegessen hat. Nehmen wir an, er sei Vegetarier gewesen, so hätte das »Ding an sich« vielleicht eine andere Wendung genommen. Die Folgen für Neu-Kantianer wären unabsehbar …

Ich bin kein Demagoge und will deshalb nicht behaupten, nur ein gesättigter Magen sei die Voraussetzung des philosophischen Denkens, und ein hungriger Mensch habe andere Sorgen als die Kritik der reinen Vernunft. Der große Buddha hat zwar unter anderen beherzigenswerten Dingen die Gleichgültigkeit des Essens gelehrt, aber unter der stillschweigenden Voraussetzung, dass etwas zu essen da ist. Wir wollen uns nicht, wie Hans Heinz Ewers, mit Indien vergleichen. Eine schöne Sitte heischt doch, die Bettelmönche zu ernähren, und der Reis, von dem die Jünger Buddhas leben, wurde bisher durch kein Staatsgesetz rationiert. Vielleicht ist dieser Reis die Basis für die Lehre der Vergänglichkeit geworden, wie das Beefsteak für die Relativitätstheorie …

Wie dem auch sei: In Paris wurde der hundertjährige Todestag des gastronomischen Philosophen und Gerichtspräsidenten Brillat-Savarin festlich begangen. Seine Meditationen über eine transzendentale Gastronomie haben das Verdienst, die Ethik, Logik und Metaphysik um ein neues Gebiet bereichert zu haben. Der Einwand, ein gutes Menü sei ein Luxus, ist ebenso hinfällig wie die Behauptung, die Metaphysik gehöre zu den täglichen Bedürfnissen des Lebens. Weshalb sollte ein Philosoph nicht ebenso gut über die Vollkommenheit eines Gerichtes nachdenken wie über die Beweisfähigkeit des lieben Gottes? »Ich denke, also bin ich«, lehrt Descartes. »Ich esse, also denke ich«, lehrt Brillat-Savarin.

In dem alten Hause der Rue des Filles-Saint-Thomas, wo dieser große Feinschmecker des vergangenen Jahrhunderts starb, wurde unter Anwesenheit einer Reihe illustrer Politiker und Literaten eine Gedenktafel angebracht. Das war die offizielle Feier. Aber man beschloss, den Toten noch auf eine besonders würdige Weise zu ehren. Am Mittag versammelten sich fünfzig erlesene Gäste, die etwas von den Freuden der Tafel verstanden und das nötige Kleingeld dazu hatten, im Saal des Hotels Crillon zu einem originellen Diner nach den Rezepten des Meisters. Die Vorschriften des Weisen wurden streng beobachtet. Man ging zu Tisch, wartete schweigend fünf Minuten, bis die letzten Gäste erschienen waren, konzentrierte sich alsdann und begann.

Wir wollen froh sein, dass in unserer ereignislosen Welt fünfzig Menschen den Mut haben, den Freuden des Magens zu huldigen. Rückwärtsschauend in jene glückliche Zeit, in der man noch Zeit hatte zu essen, fragt man sich staunend: Wie ist es möglich, dass man so viel auf einmal essen kann? Hier das Menü. Man kann es nicht übersetzen. Man muss es französisch genießen.

Un verre de vieux vin de Madère sec
Rissolés au porc gras du Bugey
Saucisson fumant de Valromey
Beaujolais et Rosé de Bourgogne
Chablis
L'omelette du cure
Château La Mission-Haut-Brion
Etuvée d'anguille au coulis d'écrevisses
(telle que l'exécuta Mme Briguet pour le dîner de la conference du cure du Talissian)
Chablis ou Château Cheval Blanc 1914
Dindon truffe du baron Richerand
aux saucisses
Côte de Nuits
(grande réserve Bouchar ainé et fils 1911)
Salade de l'Emigré
Fromages

Côte de Nuits
Pyramide de meringues glacées
à la vanilla et à la rose
Heidsieck dry monopole et Pol Roger 1919
(en magnum)
Desserts, etc. …

In einem Zwischenakt dieses heroischen Kampfes hielt der Präsident der »Gens de Lettres«, Georges Lecomte, eine Rede, in der er die Wunder der französischen Kochkunst pries. Er sagte dabei ein paar Worte, die den stürmischen Beifall der Anwesenden entfesselte. »Wenn wir hier versammelt sind, um Brillat-Savarin als einen der größten Feinschmecker aller Zeiten zu feiern, so wollen wir nicht vergessen, dass die französischen Schriftsteller heute beinahe verhungern, dass sie nicht mehr in der Lage sind, sich die geringsten Genüsse zu leisten, deren Vollendung ihr großer Vorgänger erstrebte …« Das ist leider allzu wahr. Die Schriftsteller in Frankreich befinden sich jetzt in einer ähnlichen Situation wie ihre deutschen Kollegen zur Zeit der beginnenden Inflation. Seit Monaten wird ein hartnäckiger Kampf um die Erhöhung der Honorare geführt. Man kann ohne Übertreibung behaupten, die französischen Literaten und Journalisten werden heute am schlechtesten von allen bezahlt. Auch für sie wird die Zeit kommen, wo sie gezwungen sind, sich einen Nebenberuf zu suchen, um sich vor dem Verhungern zu schützen. Vielleicht werden sie, wie Brillat-Savarin, der nicht nur ein großer Schriftsteller, sondern im Nebenberuf ein würdiger Beamter und sogar Deputierter war, bei den nächsten Kammerwahlen kandidieren.

Paris tanzt!

[Juli 1926]

In Marokko ist Krieg. Das Kartell ist gestürzt. Metro und Tramway erhöhen die Preise. Heute, am großen Nationalfeiertag, wird die Erstürmung der Bastille gefeiert. Das Fest der Revolution. Paris tanzt.

Seit drei Tagen sind die Menschen verzaubert. Die Verkäuferinnen in den Läden werden unruhig. Sie wittern Lichter, Feuerwerk, Bälle. Überfüllte Züge, in denen die Reisenden wie Bienen aufeinander kleben, fahren in die Frische des Meeres, an die Küste der Bretagne. Die Daheimgebliebenen stürmen die großen Warenhäuser. Saisonausverkauf. Schnell wird noch ein Schal probiert, ein Kleid gekauft. Die Spiegel sind belagert. Man reißt sich die Hüte aus den Händen.

Auf den Straßen stehen bunte Gerüste, mit grünen Zweigen drapiert. An jeder Ecke, vor jedem großen und kleinen Café, auf allen Plätzen spielt die Musik im Freien. Es sind die Nächte der Freiheit. Freude auf allen Gassen. Paris tanzt.

Selbst die Polizisten sind festlich bewegt und drücken beide Augen zu. Die ganze Stadt ist ein riesiger Tanzsaal. Die Straße dient dem Genuss. Man tanzt auf den Boulevards, vor den Kirchen, zwischen den Bäumen der Vorstädte. Sogar auf den Schienen der Trambahn. Dann warten die Schaffner geduldig, bis der Walzer zu Ende ist.

Überall wehen Fahnen. Sie zittern auf den Autobussen, flattern von den Häusern. Triumphbögen und Girlanden. In den Arbeitervierteln große Schilder, quer über die Straße gespannt: »Arbeiter aller Länder vereinigt euch!« Die Regierung ist auf Urlaub …

Auf den großen Montmartre-Boulevards drehen sich wild Karussells. René mit der Guillotine, das Meerwunder und die Geheimnisse des Harems sind zu sehen. Fromme Hunde, vor Schaubuden gelagert, erwarten ihren Auftritt. Ein tanzender Affe knurrt in die Menge. Sein Stichwort fällt. Er klettert aufs Trapez.

Montparnasse ist ein Heerlager. Vor dem Café de la Rotonde spielen vier Kapellen gleichzeitig. Mühsam fahren die Autos durch die Stühle und Paare. Man liebt sich, man lacht, man ist fröhlich betrunken. Arbeiterinnen, Kokotten, Damen der Gesellschaft, kleine Ladenmädchen,

Schauspielerinnen, Modelle: Alles dreht sich bunt durcheinander. Im Café du Dôme sind die Literaten aus ihren Stellungen verdrängt. Heute wird nicht diskutiert. Man tanzt.
Heute hat jeder Geld. Heute gibt es keine Armut. Auch der Ärmste kann auf der Straße tanzen. Die Theater spielen ohne Entgelt. Ein Volksfest, einzigartig in seiner Anmut und Selbstverständlichkeit. Ein demokratischer Gott hat die Bastille im Juli erstürmen lassen. Die Sonne brennt und der Himmel ist blau.
Lampions erhellen die Straßen. Oben ist der Mond aufgezogen. Vergessen ist Krieg, Politik, Finanznot. Die Banken sind geschlossen. Die Kammer ist vertagt. Ein Tag des Glücks. Eine Nacht der Freude. Tochter aus Elysium!
Das Gedränge ist lebensgefährlich. Man wird nicht überfahren, man wird übertanzt. Trotzdem kein Schimpfwort, kein Stoß, kein Gebrüll. Niemand wird in den Rücken geboxt. Heiter lächeln dich die Mädchen aus dem Arm ihrer Partner an, wenn du zwischen Blondinen und Brünetten einen Ausweg suchst. Es hilft dir nichts. Du musst mittanzen.
Die Luft ist parfümiert. Eine Patina von Puder und Staub verklärt die Gesichter. Sämtliche Musiker Frankreichs sind mobilisiert. Jedes

Arrondissement sorgt für sein Feuerwerk, seine Lampions, seine Kapellen. Der Staat finanziert das Fest …

Die Brücken sind schwarz von Menschen. Raketen schießen aus der Seine auf. Blaue, rote, grüne Sterne. Über Notre-Dame regnen silberne Garben.

Als die Restauration kam, versuchte man, diesen Festtag zu unterdrücken. Es ging nicht. Die Erinnerung an die Revolution ließ sich nicht durch Dekrete verbieten. Die Straße gehört dem Volk.

Und so tanzt man bis zum frühen Morgen. Man tanzt noch in den Bahnhöfen. Man tanzt sich ins Bett. Bis der Mond erblasst und die Lampions erlöschen. Bis die letzten Klänge dieser großen Symphonie zwischen den Häusern verhallen.

Auf den großen Boulevards. Pariser Kaleidoskop in der Nacht

[Dezember 1926]

Über den Boulevard des Italiens, mit dem Rücken zur Oper, geht ein Mann. Er trägt einen braunen Regenmantel, darüber gestülpt einen weichen grauen Hut. Er schlendert dahin, ohne besondere Eile, zwischen den zuckenden Lichtphantomen der Häuser. Der Himmel, unterstrahlt vom rosa Glühlicht der Bogenlampen, hängt über der feuchten Stadt wie ein schwarzer Sack. Es ist abends gegen neun.

Auf den Terrassen der Cafés, denen der Hauch elektrischer Sonnen eine fade Wärme verleiht, sitzen hellbunt geschminkte Mädchen, gelangweilt und trübsinnig. Die Monotonie der Dezembernacht weht von der Madeleine die großen Boulevards hinauf und fegt die Schar der Spaziergänger wie Staub vor sich her.

Der Beobachter ist an der Porte Saint-Martin angelangt. Hinter ihm verflackern Reklamefilme, auf Dächern gedreht. Die letzten Nachrichten rennen mit Lichtbuchstaben in die leere Luft

des verdunkelten Himmels. Ein feines, sirrendes Klingeln läutet das Ende der Pausen in den Luxustheatern ein, vor deren blendend erhellten Scheiben gläserne Herren an Zigaretten saugen.
Die späte Last der Autobusse bricht über den fetten Asphalt. Automobile, knirschend in ihren Gängen, bremsen durch die Menge, die sich an der Mündung des Boulevard de Sébastopol aufgescheucht verflüchtigt.
Links vom Spaziergänger, der mit gleichmäßigem Schritt die Straßenkreuzung durchquert, dämmert das Fernbild des Gare de l'Est. Müde Mädchen, im Umkreis der Bahnhöfe sesshaft, sind in die Schlupfwinkel der Boulevards verschlagen und lauern in schiefen Toreingängen. Kastanienröster, behaart und rußig wie Köhler, stehen dampfend vor glühender Asche. In diesem Lärm der Nachtgeräusche, bellenden Signalen, schrillen Pfeifen, durchsetzt von menschlichen Lauten, üben sie schweigsam ihren Beruf aus.
Dann und wann hockt auf einer Bank ein zusammengesunkener Alter in verstörtem Schlaf. Der vernarbte Kopf, vom Bart, Krusten und Falten ungewöhnlich gedunsen, baumelt hinab in seliger Ruhe. Eine brüchige Tasche ist ihm

entglitten. Durch die Lumpen des halboffenen Ärmels frisst sich die Kälte ins welke Fleisch. Er atmet kaum. Brotreste sind auf seinen Beinen verkrümelt.

Jenseits der Place de la République wird es stiller. Die Vorstadtkinos preisen ihre gewalttätigen Bilder an. Lautlose Katzen mit Phosphoraugen huschen an Kellern vorbei. Eine schnurgerade Reihe Laternen weist die Richtung zur Säule der Place de la Bastille. Vor blitzenden Cafés, in denen Neger Musikinstrumente bearbeiten, stehen Austernverkäufer mit braunen Körben. Schwarze Meertiere lagern auf weißen Schalen; dicke, gelbe Zitronen krönen den kunstvollen Aufbau appetitanregender Sehenswürdigkeiten. Mitten auf dem Platz hat ein Athlet mit bombastischen Muskeln seinen Ring aufgeschlagen. Berge von Eisengewichten scharen sich um seinen entblößten Oberkörper. Ein Ausrufer mit heiserer Stimme fordert die Zuschauer auf, von diesen Muskeln Gebrauch zu machen. Dazu dreht ein schwindsüchtiger, halbverhungerter Mensch die missgelaunte Orgel.

Arbeiter mit ihren Mädchen strömen aus dem Faubourg Saint-Antoine in die billigen Vergnügungslokale des Quartiers. Verwegene, kragenlose Burschen mit Mützen und bunten

Halstüchern, zierliche, weißgeschminkte Verkäuferinnen im Arm.

Der Himmel über dem großen Platz brandet vom aufgeworfenen Feuer der Stadt. Grellgehackte Tanzmusik jagt durch die Gassen. Vom nahen Fluss dunstet Nebel und Schwermut. Obdachlose unter den Brücken der Seine kauern sich fröstelnd vor Kälte aneinander. Immer noch dreht der Schwindsüchtige die Orgel, spannt der Athlet die Muskeln, bricht der Austernverkäufer die Muscheln auf, während Sterne in unsichtbarer Höhe, geblendet von Lichtreflexen, spurlos in der Nacht untergehen.

In den Hallen von Paris

[September 1927]

Als Zola seinen berühmten Roman »Le Ventre de Paris« schrieb, der das Leben und Treiben in den Hallen schildert, ahnte er nicht, dass ein Vierteljahrhundert später ein ganzes Stadtviertel sich einen riesigen nächtlichen Markt verwandeln würde. Denn längst reichen die alten Gebäude nicht mehr aus, den ungeheuren Ansprüchen der Großstadt zu genügen. Auf den Straßen und Plätzen im Umkreis der Hallen türmen sich Berge von Nahrungsmitteln auf. Von weither fahren Lastkraftwagen und Fuhren heran, sogar Eisenbahnzüge rollen auf den Schienen der Tramways ins Herz der schlafenden Stadt, um ihre Waren auf dem Asphalt der Straßen und Trottoirs abzuladen.

All das beginnt nach Mitternacht. Wer aus Theatern und Tanzsälen heimkehrend die großen Boulevards kreuzt, begegnet dickbäuchigen Gemüsewagen, auf denen schöngebündelte Möhren und Blumenkohl im langsamen Trott ihrer Bestimmung entgegenfahren. Das fruchtbare Hinterland, die Treibhäuser der Banlieu, die

Ufer der Seine und Marne senden ihre Schätze zur Metropole. Es duftet aus den Seitenstraßen des Boulevard de Sébastopol nach Schnittlauch und Zwiebeln. Mit den dumpfen Zurufen der Pferdetreiber vermischt sich das Fauchen und Knarren der Lastkraftwagen. Im prallen Licht der Bogenlampen flimmern die Öllämpchen der Fuhrwerke, zucken die Scheinwerfer der Autos.

Dieser nächtliche Markt ist einzigartig in Europa. Allmählich werden die Straßen belebter. Um 2 Uhr sind die Verkaufsstände errichtet. Drei Stunden später kann kaum ein Mensch, geschweige ein Fahrzeug durch.

Nehmen wir an, jemand habe um drei Uhr nachts einen schönen Traum. Er sähe in seiner hungrigen Phantasie sämtliche Früchte der Erde, die herrlichsten Salate, Kürbisse, groß wie Elefanten, aufgespießte Rinder und Schweine, Fische, Hummern und Austern, Berge von Schoten und Spinat … Diesen Anblick kann er in Wirklichkeit haben. Er kann seine Träume realisieren. Er braucht nur in die Hallen zu gehen.

Auf offener Straße wird verkauft. Unter Mond und Sternen türmen sich paradiesische Stillleben. Es riecht nach Benzin und frischem Obst.

Ein Heer von Arbeitern und Kutschern, Männern und Frauen sind tätig, in kleinen Schenken gibt es Milchkaffee, Beefsteak mit Bratkartoffeln und die berühmte Zwiebelsuppe. Man isst, man flucht, man schwitzt und man lacht.
Alles um 3 Uhr nachts.
Dieser Markt ist die Amme von Paris. Felder und Gärten duften in der asphaltenen Stadt. Der Reichtum der Erde blüht in einem Rinnsal voll Schmutz. Und lauter Blumen!
Mitten in diesem Lichtschein dämonischer Betriebsamkeit züngeln die Reklamefeuer eleganter Nachtlokale. Denn das Quartier der Hallen ist der letzte Vergnügungsort jener Welt, die sich langweilt und in der Dämmerung von Montmartre herunterzieht, um noch einen Charleston vor dem Schlafengehen zu tanzen. Seltsamer Kontrast: Die kostbaren Pelzmäntel schöner Frauen und die Männer mit blauen Kitteln und Mützen, die in harter Arbeit ihr Brot verdienen.
Morgens um 8, wenn die großen Hotels und Geschäfte längst ihren Bedarf eingedeckt haben, kommen die Pariserinnen, ungeschminkt, in Pantoffeln, und kaufen für ihren Haushalt ein. Das Geheimnis der französischen Küche besteht darin, dass der billigste Mittagstisch, die

kleinste Gemüsehandlung, jeden Tag *frische Waren* hat.
Die dekorative Pracht dieser aufgestapelten Früchte ist das nächtliche Wunder von Paris. Wo sah ich schon diese zärtliche Sorgfalt, diesen Sinn für Ordnung und Schönheit, der so sehr die Franzosen beseelt? Richtig. In den Katakomben. Zehntausend Quadratmeter mit sechs Millionen Toten! Und all diese Gebeine so nett, so liebevoll geordnet, als sei die Ewigkeit eine riesige Garderobe.
Um 4 Uhr in der Frühe sind die großen Boulevards wie ausgestorben. Vor den Gittern der Untergrundbahnen liegen Menschen und schlafen. Das sind die Armen von Paris. Sie haben kein Geld für ein Zimmer, also müssen sie auf der Straße schlafen. Aus den unterirdischen Löchern quillt die letzte abgestandene Tageswärme, und die suchen sie, wie die Fleisch- und Gemüsereste in den Hallen. Ein Krüppel steht an einer Ecke. Sein rechter Arm ist verstümmelt, mit dem linken macht er das Hemd auf und zeigt eine tiefe Narbe quer über den Bauch. Das war der Krieg. Das Leben geht weiter …

Mimi Pinson ist längst begraben … Montmartre-Romantik

[Juni 1928]

Wo sind die schönen Zeiten hin, als der große Montmartre-Sänger Bruant die sterbende Bohème mit Versen und Liedern entzückte! Paris war damals noch Paris. In den kleinen Kabaretts auf dem Boulevard Rochechouart saßen Maler und Dichter, rauchten, tranken, liebten und machten sich über das Publikum lustig. Damals gab es noch Bohèmiens. Ich habe sie nicht mehr gekannt, aber mein Weinhändler, der Stammgast bei ihnen war, erzählt mir oft davon. Das war die Zeit, als der ehrwürdige Père Frédé im »Lapin Agile« die Kubisten ernährte. Sie sangen Chansons und klimperten auf der Gitarre, und dafür bekamen sie warmes Essen und täglich zwei Francs. Später sind sie dann sehr berühmt geworden. Das war vor zwanzig Jahren, als der feine und kluge Wilhelm von Uhde sich in den Kneipen um Sacré-Cœur herumtrieb und die ersten Picassos kaufte. Ich glaube, er zahlte zehn Francs für das Bild. Das war damals eine Riesensumme.

Heute ist das alles nicht mehr. Montmartre wurde an Cook vermietet. Picasso ist teuer geworden und der Sekt schlecht. Die Bohème wanderte nach Montparnasse aus und handelt mit Automobilen.
Ich komme selten nach Montmartre hinauf. Ich gestehe, ich bin sentimental. Vor vier Jahren war es noch sehr hübsch da oben. Man tanzte bei einem Glas Absinth im Keller der »Boule Noire« bis zum frühen Morgen. Der Patron des Lokals drückte mir jedes Mal die Hand und erkundigte sich nach meinem Befinden, die reizende schwarzhaarige Line Marsa sang melancholische Belleville-Lieder, Lili sprang in die Jazzkapelle und schlug auf die große Trommel los, während Walter Mehring und Peter Panter mit meiner Nachbarin flirteten.
Heute – großer Gott! Der Patron ist längst verschwunden. Amerikanische Rundreisende gähnen an den Wänden. Engagierte Apachen machen viel Lärm um nichts. Die Mädchen sprechen englisch und die Kellner spanisch.
Nein, es ist nicht mehr schön auf Montmartre. Selbst der Jahrmarkt, der im Herbst und Frühling dort einzieht, vermag die verschollene Fröhlichkeit nicht zum Leben erwecken. Sagenumsponnen verwittern Stufen und Gemäu-

er. Mimi Pinson ist längst begraben. Die alten Bäume fallen der Grundstücksspekulation zum Opfer. Montmartre ist zur Mythe geworden. Kommt, liebe Freunde, wir wollen die letzte Burg der Romantik besuchen. Dort flackert noch trübes Licht auf dem Platz. Bis hierher ist das Feuer der Reklame nicht gedrungen. Auf ins »Lapin Agile«!

Der Kamerad Jacques wird uns jetzt ein Lied singen. Der Kamerad Jacques hat eine rote Bluse an und begrüßt uns mit fröhlichem Sarkasmus. »Drei Männer!«, ruft er stimmungsvoll. »Ihr sucht wohl Anschluss? Oder haben euch eure Frauen betrogen? Na, setzt euch mal hin.«

Das tun wir denn auch. Es ist elf Uhr. In einer Stunde ist der kleine, verräucherte Käfig so voll, dass man sich buchstäblich auf den Knien sitzt. Meine beiden beleibten Freunde greifen mit Mühe zur Pfeife. Sie wird angesteckt.

Inzwischen singt der Kamerad Jacques. Das Lokal gleicht einem unterirdischen Verlies. Die Luft ist so dick, dass einem Hören und Sehen vergeht, was in Anbetracht der Darbietungen kein Nachteil ist. Vergilbte Gasflammen funzeln aus roten Papierhauben. Kalte Grabesluft steigt aus dem Steinboden. Wir sitzen an historischer Stätte.

Ringsherum sitzen noch andere Leute. Kleine Mädchen, Studenten, Verkäuferinnen. Sie hören andächtig zu. Draußen vor der Tür steht als berühmtes Gespenst der Vater Frédé mit einer roten Mütze auf dem schneeweißen Haupt. Sein weißer Bart weht in der Zugluft.

Wir trinken einen Cérise. Friedrich, der feine Mann, hat sich einen Kognak bestellt. Jetzt tritt Mademoiselle Grafouillette auf. Sie ist klein und zierlich, hellgeschminkt, mit großen braunen Augen. Sie singt ein Lied mit einem Refrain. Wir singen alle den Refrain mit. Kamerad Jacques begleitet auf der Gitarre.

Und dann kommt eine dicke Dame. Und dann kommt eine dünne Dame. Und dann kommt eine blonde Dame. Und dann kommt eine schwarze Dame. Und dann ist es Mitternacht.

Mademoiselle Grafouillette hat sich auf die Bank zu uns gesetzt. Wir unterhalten uns bei einer Zigarette. »Heute ist Montag«, sagt sie, »da sind nicht viele Leute hier.« Inzwischen warten einige Dutzend vor dem Eingang.

»Das sollte man mal in Berlin machen«, meint einer von uns. »So einfach, so billig und so anspruchslos. Kein Mensch käme hin.«

Wir zahlen und gehen. Unsere Plätze werden im Sturm erobert. Draußen steht das kleine, verfallene Haus auf der Höhe. Der Himmel flackert rot von den Lichtern der Place Pigalle. Ein entzauberter Mond schwebt über den Gräbern der Bohème. Zwei Schutzleute wandeln einsam durch den Friedhof …

Denen, die es zuerst gewagt haben ... Der weiße Vogel

[Étretat, Anfang November 1929]

Die Küste der Normandie mit ihren Wiesen und Wäldern ist von saftigstem Grün. Grün ist auch das Meer. Am Strand herrscht Augustwärme. Manchmal weht ein sanfter Sturm. Sommerregen fällt.

Von Herbst keine Spur. Wir haben noch Ende Oktober. Das Wasser ist lau. Die Gärten sind voll von Blumen. Mein Begleiter hat recht: Die Wettermaschine ist verrückt geworden. Es hat jemand daran gedreht.

Ich fahre gern durch Badeorte, wenn die Saison stirbt. Die großen Hotels sind schon mit Brettern vernagelt, in den kleinen sitzen die Inhaber im aufgeräumten Speisezimmer und rechnen ab. Die Portiers, deren erhabene Strenge uns im Juli erschreckt, sind nach Ägypten geflogen. Die Kellner ziehen sich ins Privatleben zurück.

Wir fuhren die Küste entlang von Dieppe bis Le Havre, ohne einem Menschen zu begegnen. In St. Valern erlebten wir kurz vor Toresschluss noch die Freuden eines Kasinos, wo traurige

Saxophone den Eingeborenen zum Tanz aufspielten und verhärmte Croupiers die Menge harangierten, ihr letztes Geld im Boulespiel zu verlieren. Außerdem gab es dort zum Dessert frische Erdbeeren, was in Anbetracht der Jahreszeiten sensationell war.

Schließlich ließen wir uns in Étretat, dem schönsten Punkt dieses Küstenstriches, häuslich nieder, fest entschlossen, eine Woche in kein Theater zu gehen, keine Briefe zu schreiben, morgens zu schlafen und abends Schach zu spielen. Kurz: ein Sanatorium für Schriftsteller.

Manchmal gehen wir nachts am Meer spazieren. Ein unsichtbarer Leuchtturm hinter der Bucht wirft seinen Feuerschein in den Himmel. Draußen, am Ende der Welt, fahren Schiffe. Wie kleine Glühwürmchen kriechen sie nach England hinüber. Dann denken wir an die Heimat. Wer mag wohl jetzt in Berlin durchgefallen sein? Ob Annemarie schon geschieden ist?

Tagsüber steigen wir auf die Felsen. Von unten donnert die Brandung. Grotten öffnen sich. Vögel fliegen. Eine kleine Kapelle ragt.

Auf dem höchsten Punkt der Falaise steht ein Denkmal. Es ist nicht eins jener monotonen Zuckergüsse, mit denen ganz Frankreich zu Ehren der Gefallenen überschwemmt ist. Zwei steinerne Leiber schießen schräg aus einem Sockel vor. Die behandschuhten Fäuste geballt. Breite Lederriemen um die Hüften. Die Gesichter starr, zur höchsten Anstrengung gespannt. Der eine hat auf dem rechten Auge eine Binde. Sie blicken ernst, mit unheimlicher Ruhe aufs Meer. Darüber ein Obelisk.

Der Stein trägt die Namen Nungesser und Coli. Hier, auf dieser Höhe, sah man sie zum letzten Mal. Der »Weiße Vogel«, auf dem sie die Todesfahrt über den Ozean antraten, entschwand hier den Augen der Lebenden. Sie kehrten nie mehr zurück.

Ich erinnere mich an eine kleine Bar in Marseille. Es war am 8. Mai 1927. Ein Zeitungsjunge mit Extrablättern stürzte herein: »Nungesser und Coli nach Amerika gestartet!« Frankreich wurde vom Fieber ergriffen. Sie waren die ersten …

Der Besitzer der Bar war ein Freund von Coli. Unablässig läutete das Telephon. Jede neue Nachricht aus Paris ging wie ein Lauffeuer durch die Stadt. Unsere Bar wurde das Informationsbureau von Marseille. Endlich kam der große Moment. »Über Neufundland gesichtet« meldete der Apparat. Ein ungeheurer Jubel brach aus. Man stieg auf die Tische. Man umarmte sich. Man lachte und weinte.

Der Besitzer ließ alle Sektflaschen kommen, die er im Keller hatte. An diesem Abend wurde nicht bezahlt. Der Jubel pflanzte sich auf der Straße fort. Jeder, der vorüberging, bekam ein Glas Sekt. Man stieß an, solange der Vorrat reichte.

Dann kam der furchtbare Schlag. Die Meldung war verfrüht. In Paris wurden die Zeitungen belagert. Die Menge verlangte drohend eine Bestätigung. Plötzlich erschienen keine Nachrichten mehr.

Was war geschehen? Noch vor wenigen Stunden hatte das Kriegsministerium ein Communiqué über die Ankunft der Flieger verbreitet. Ein Boulevardblatt hatte sogar ihre Landung in allen Einzelheiten geschildert. Die Begrüßungsworte standen im Fettdruck auf der ersten Seite. Die Zeitung fand rasenden Absatz …

Ein tragischer Irrtum. Tagelang hoffte man. Vergebens. Kein Lebenszeichen. Woche um Woche verrann.

Wer diese kritischen Stunden miterlebte, musste unwillkürlich an eine andere Katastrophe denken. Auch im Juli 1914 erschienen Extrablätter. Auch damals verbreitete das Kriegsministerium Communiqués. Und es glaubten Millionen daran. Der Irrtum dauerte vier Jahre.

Der »Weiße Vogel« hat sein Geheimnis mit ins Grab genommen. Nun stehen die beiden steinernen Männer da oben und blicken nach Westen. Andere sind nach ihnen gekommen. Viele Ströme fließen ins Meer. Auf dem weißen Obelisk steht in schwarzen Lettern: »Denen, die es zuerst gewagt haben.«

Anhang

Kurt Tucholsky: An Walter Hasenclever

Zürich, Florhofgasse
4.3.33

Lieber Max, schönen Dank für Ihre beiden Schreiben vom 28.2. und vom 2.3. Entschuldigen Sie meinen letzthinnigen diktierten, ich war ganz herunter und hatte solche Ohrenschmerzen, daher war er so unpersönlich. Item: Krankheit geht so, Dank der Nachfrage. Ich mache noch eine Inhalationskur, die besonders billig ist, man muss sehr viel Geduld haben. Nochmals, gehe ich so, schwach und schwer gehandicapt, unter Leute, dann mache ich mir alles kaputt. Lieber abwarten, anderswo wachsen jetzt auch keine goldenen Blümlein. Ich hoffe aber doch sehr, dass wir uns denn doch einmal in Mitteleuropa in die Arme sinken werden. Ich habe nicht genau lesen können, wohin Sie nach Paris gehn. Südfrankreich? Mentone?/Natürlich ist die Schweiz kein erfreuliches Land. Die Ostschweizer sind wie die Boches, sehr hochmütig, ekelhaft saturiert, grauslich./ Jetzt muss ich aber vor Rührung einen Absatz machen.

Lieber Max, dass Sie mir da Ihre Hilfe in dieser schweren Zeit anbieten, hat mich auf das tiefste gepackt. Es wird nicht erforderlich sein, dass ich sie annehme – aber dass Sie es überhaupt tun, das werde ich Ihnen nicht vergessen. Händedruck, alter Bursche. Das Haus in Schweden habe ich noch, ich will auch, wenn auch nur leise hergestellt, zurück und da arbeiten. »Weltbühne« … da ist die Frau J. in Wien, berät, ob Wien oder Zürich. Hierzu wie zur ganzen Lage:
Ich glaube nach wie vor nicht an extrem blutige Sachen in Deutschland. Es kann aufflackernde kommunistische Putsche geben, die werden blutig unterdrückt, 80 Tote, und 80 nutzlose Tote. Dann aber Totenstille. Dann setzt etwas viel, viel Schlimmeres ein: nach dem Spiel »Das dürfen die Leute ja gar nicht!« kommt das Spiel: »Ich weiß gar nicht, was Sie wollen – so schlimm ist es nun auch wieder nicht!« Das möchte ich nicht mitspielen, und ich werde es nicht mitspielen. An einer etwa einsetzenden deutschen Emigrationsliteratur sollte man sich unter keinen Umständen beteiligen. Lieber Max, erstens wird es keine große Emigration geben, weil, anders wie damals bei der russischen, 1917, Europa nicht aufnahmefähig für solche Leute ist. Sie verhun-

gern. Zweitens zerfallen sie, wie jede Emigration, und nun noch deutsche, in 676 kleine Grüppchen, die sich untereinander viel mehr bekämpfen werden als etwa alle zusammen Adofn (dem wir das L nun endgültig wegnehmen wollen, wir brauchen es ja für Eckner, Hei Adof!). Drittens sollte man es nicht tun, weil es den Charakter verdirbt, man bekommt Falten um die Mundwinkel und wird, bei allem Respekt, eine leicht komische Figur. Lieber Freund, ich kann das nicht vergessen, wie damals im Salon der Frau Ménard-Dorian das ganze durchgefallene Europa da war: der unsägliche Kerenski, Nitti, Karolyi, die Italiener – und alle hatten recht, nur leider eben bloß im Salon. Und da fragte jemand den Nitti: »Qu'est-ce que vous faites à Paris, Monsieur Nitti?« – Und da sagte der, und der Satz ist mir als Lehre eingebrannt: »J'attends«. Und wenn er nicht gestorben ist, dann wartet er heute noch. Und das wollen wir nicht mitmachen.

Ich brauche Ihnen nicht zu sagen, lieber Max, dass ich nicht inzwischen die »aufbauwilligen Kräfte im Nationalsozialismus« entdeckt habe. Ich werde nie einen Finger breit abgehn. Aber ich muss nicht meine Kraft und meine Arbeit an eine Sache setzen, die mir nicht einmal in der Negation wert ist, mich nach ihr herumzudrehn. Ich habe dazu kaum noch Beziehungen; es ist möglich, dass ich nichts mehr zu fressen habe, aber dass ich mich mit den Konvulsionen von Kru-Negern abgeben soll, also ich nicht. Die Leute wollen das ja so, im Grunde. Die letzte Tat des Reichsbanners ist ein Werbemarsch für den Wehrsport gewesen, die SPD versichert heute noch, sie sei doch aber patriotisch und ruhrkämpferisch, fast alle erkennen die von Adof gesetzten Kategorien an und streiten sich nur um ihre Einordnung, niemand hat den Mut zu sagen: Der Wert eines Menschen hängt nicht von seinem Soldbuch ab. Und damit soll ich mich befassen? Nein, lieber Herr. Mich geht das nichts an, nur eben als Zeichen der Zeit, in der wir ja leben. Aber sonst – ohne mich. Vorgestern haben wir hier einen Radio installiert und Adof gehört. Lieber Max, das war sehr merkwürdig. Also erst Göring, ein böses, altes blutrünstiges Weib, das kreischte und die Leute richtig zum Mord aufstachelte. Sehr erschreckend und ekelhaft. Dann Göbbeles mit den loichtenden Augen, der zum Vollik sprach, dann Heil und Gebrüll, Kommandos und Musik, riesige Pause, der Führer hat das Wort. Immerhin, da sollte nun also der sprechen, welcher … ich ging ein paar Meter vom Apparat weg und ich gestehe, ich hörte mit dem ganzen Körper hin. Und dann geschah etwas sehr Merkwürdiges. Dann war nämlich gar nichts. Die Stimme ist nicht gar so unsympathisch wie man denken sollte – sie riecht nur etwas nach Hosenboden, nach Mann, unappetitlich, aber sonst gehts. Manchmal überbrüllt er sich, dann kotzt er. Aber sonst: nichts, nichts, nichts. Keine Spannung, keine Höhepunkte, er packt mich nicht, ich bin doch schließlich viel zu sehr Artist, um nicht noch selbst in solchem Burschen das Künstlerische zu bewundern, wenn es da wäre. Nichts. Kein Humor, keine Wärme, kein Feuer, nichts. Er sagt auch nichts als die dümmsten Banalitäten, Konklusionen, die gar keine sind – nichts. Ceterum censeo: Ich habe damit nichts zu tun. Marginalie: Ossietzky unbegreiflich. Man hat mir erzählt, dass man ihm seinen Pass nach Tegel gar nicht wiedergegeben habe. Ob das wahr ist, weiß ich nicht – er schreibt ja keine Briefe. Dieser ausgezeichnete Stilist, dieser in der Zivilcourage unübertroffene Mann, hat eine merkwürdig lethargische Art, die ich nicht verstanden habe, und die ihn wohl auch vielen Leuten, die ihn bewundern, entfremdet. Es ist sehr schade um ihn. Denn dieses Opfer ist völlig sinnlos. Mir hat das mein Instinkt immer gesagt: Märtyrer ohne Wirkung, das ist etwas Sinnloses. Ich glaube keinesfalls, dass sie ihm etwas tun, er ist in der Haft eher sicherer als draußen. Nur bei einem wenn auch missglückten Attentat auf Adof kann etwas passieren, dann würde die SA die Gefängnisse stürmen und von den Wärtern an nichts gehindert werden. Sonst aber kommt er nach zwei, drei Wochen, denke ich, heraus. (Wenn nicht Konzentrationslager gemacht werden!) Kurz: Ich lebe in keinerlei Panik. Und mein Pessimismus setzt genau da ein, wo der der andern aufhört, etwas zu dem Zeitpunkt, wo das Zentrum mitmacht. »Es wird ihnen die Kanten abschleifen!« sagen die falschen Propheten. An Schmarrn. Dann, erst dann, ist diese neue Herrschaft ganz totensicher fundiert, dann ist gar nichts mehr zu machen. Und wer wird und soll etwas machen? Man kann für eine Majorität kämpfen, die von einer tyrannischen Minorität unterdrückt wird. Man kann aber nicht einem Volk das Gegenteil von dem predigen, was es in seiner Mehrheit will (auch die Juden). Viele sind nur gegen die Methoden Hitlers, nicht gegen den Kern seiner »Lehre«. Und wenn es die Opposition nicht von innen her geschafft hat, so werden wir es

nie schaffen, wenn in Paris ein paar Käsblätter erscheinen. Ich werde das nicht mitmachen. Ceterum censeo: Ihr Hindenburggeburtstags-Artikel sollte von den Kanzeln verlesen werden. Lieber Max, hoffentlich lassen sie Rutchen heraus, er ist so schön und dick, und wir wollen ihn noch ins Krematorium tragen, wenn er tot ist, und dann trinken wir mit der Leiche einen Apéritif. Hallo, lieber Max, das ist ein langer Brief geworden. Nie wieder Korreschpondanx. Kommt noch solche nach Hindås? Ich habe inzwischen nichts bekommen. Mögen Sie –! [...] lesen Sie auf alle Fälle »Voyage au Bout de la Nuit«. Es lohnt sich.
In Treue fest
Ihr alter Mitkolumbus
Edgar, formalz Adof.
Verfasser broschierter und gebundener Werke.
Ehemal. Mitglied der deutschen Republik aufgehörter Dichter
Böse Enttäuschungen werden wir nun an unsern Berliner Freunden erleben. Es wird sehr übel werden.

»Ich verliere mein Herz an Frankreich«
Ein Nachwort von Alexander Kluy

Frankreich sieht aus wie ein Garten, wo man alle schönsten Blumen gepflückt hat, um sie zu einem Strauß zu verbinden, und dieser Strauß heißt Paris.
Heinrich Heine

Es war Anfang 1925. Und Walter Mehring war enerviert, um nicht zu sagen: enragiert. Ja der so gern spöttelnde Lyriker, Kabarett- und Chansondichter reagierte geradezu allergisch. In Stefan Großmanns Zeitschrift *Das Tage-Buch* brachte er in der ersten Ausgabe des Jahres 1925 seinen Text »Rapider Baedeker der Stadt Paris« unter. »Das Paris der Nachkriegszeit«, setzte dieses Feuilleton ein, »als Reaktion auf sechsjährige Entfremdung, ist mit einem Eifer durchschnüffelt, visitiert, seziert worden wie keine andere Stadt der Welt, mit so topographischer Exaktheit, dass allmählich deutsche Leser sich auf dem Faubourg Montmartre besser auskannten als auf der Reeperbahn.« Mehring schob sogleich eine gallig ironische Spitze hinterher: »Streifzüge auf den Montmartre glichen an Mut und Findigkeit der Berichterstatter Expeditionen ins wildeste Turkestan.«

Als Mehring dies mokant glossierte, kein Wunder, dass er mit Kurt Tucholsky harmonierte und mit George Grosz eng befreundet war, da war Walter Hasenclever schon fast drei Monate in Paris. Es war neuerlich eine Volte in dessen Leben.

Der 1890 geborene Aachener war einer der bekanntesten expressionistischen Dramatiker Deutschlands. 1917 wurde er für sein Drama *Antigone* mit dem Kleist-Preis gekürt, der vor 1933 wichtigsten Auszeichnung des deutschen Literaturbetriebs. 1914 hatte er sich freiwillig zum Kriegsdienst gemeldet. 1915 eingezogen, wandelte er sich zum radikalen Pazifisten. 1917 wurde er infolge einer vorgetäuschten schweren Neurose entlassen. Nach 1918 prägte ihn äußere wie innere Unrast. Er zog um und um und beschäftigte sich extensiv mit Buddhismus und besonders mit dem Mystizismus Emanuel

Swedenborgs. Als mit krisenbehafteter Ernüchterung die Neue Sachlichkeit Einzug hielt in Gesellschaft und Kultur, entsorgte Hasenclever mit dem Individual-Radikalismus das Pathos des im Ersten Weltkrieg in Stücke geschossenen Expressionismus gleich mit und wurde zum eminenten Vertreter neu-sachlich graziöser wie erfolgreicher Bühnenkomödien wie *Ein besserer Herr*.

Dieses Heiratsschwindler-Stück schrieb Hasenclever in Paris, wohin er – neuerliche Verwandlung – im Herbst 1924 als Zeitungskorrespondent für das Berliner *8 Uhr-Abendblatt* übergesiedelt war; zur selben Zeit wie sein Freund Kurt Tucholsky. Diese Zeitung war ein Boulevardblatt und hatte trotz des hohen Verkaufspreises von 20 Pfennig eine hohe Auflage. In der Regel zierte die erste Seite als Aufmacher eine Sensation, ein Unfall, ein Verbrechen oder menschliche Tragödien plus mindestens ein Foto. Das Blatt trat für Republik und Demokratie ein, auch wenn das verblichene Haus Hohenzollern ein beliebter Klatsch-Berichterstattungspunkt war. Den Debatten über Antisemitismus und Zionismus enthielt sich die Redaktion weitgehend, auch wenn die Gründung des Blatts 1910 auf das liberale jüdische

Presseverlagshaus Mosse zurückging. 1929 kam das *8 Uhr-Abendblatt* auf eine Auflage von rund 100.000 Exemplaren, weil ihre Themen modern waren und zeitgemäß und ihre Aufmachung zeitgemäß und modern. Und weil der Kulturteil in Tiefe und Breite sich nicht hinter noch größeren Zeitungen wie der soignierten *Vossischen Zeitung* verstecken musste, für die Tucholsky schrieb.

So erreichte Hasenclever mit seinen Paris-Vignetten ein großes Publikum. Erfüllte er dessen gängige Reverien? Zum Teil. Und unterlief sie doch durch impressionistische Subjektivität. Schrieb er an den deutschen Vorurteilen vorbei? Gewiss; und zwar mit Absicht wie Hintersinn.

Ebendies lässt seine Feuilletons aus Paris, über Paris und jene, die ihn hinausführten in die Normandie oder in die Provence, heute noch so lebendig anmuten, so erfrischend wie erfrischt. Hier atmet Paris. Und Walter Hasenclever atmete in Paris durch. Walter Benjamin schrieb einmal von Paris als »ville qui remue«, als Stadt, die sich dauernd bewege. »Aber nicht weniger bedeutungsvoll«, so Benjamin, »als das Leben des Stadtplans ist hier die unbezwingliche Kraft in den Namen von Straßen, Plätzen oder Theatern, die aller topographischen Verschiebung

zum Trotze dauern.« Hasenclever bewegte sich ausdauernd, neugierig, staunend, reichhaltig sich wundernd über die reichhaltigen Wunder und curieusen, aufschlussreichen Surprisen der Seine-Metropole.
Was nach Paris folgen sollte für ihn, nach all den schönen Tagen und Jahren dort, war anderes.

*

»Ich hatte eine sehr trübe Stunde hinter mir – Verbannung, Sinnlosigkeit der Arbeit, Lebensangst.« Das schrieb Walter Hasenclever an die Verlegergattin Helene Wolff im Mai 1933. Ende April waren seine Bücher auf der Verbotsliste des NS-Regimes aufgeschienen. Zudem galt er, der überzeugte Antifaschist, den Nationalsozialisten in ihrer kruden Pseudoblutlogik als Jude, weil sein Großvater Alfred Reiß vom Judentum zum Protestantismus übergetreten und mit den jüdischen Frankfurter Kaufmannsfamilien Reiß und Flörsheim verwandt gewesen war.
Hasenclever, der Ende 1932 mit dem Verlegerpaar Helene und Kurt Wolff eine Marokkoreise unternommen hatte, war danach nur kurz nach Berlin zurückgekehrt. In den nächsten Jahren

lebte er unruhig-nervös an vielen Orten: im März 1933 in Menton bei Nizza, Ende April in Nizza, Anfang Oktober im Hôtel Foyot, Joseph Roths Lieblingsdomizil, in Paris, Ende Oktober in London, im April 1934 wieder in Nizza. Im Herbst kam er in London bei Freunden unter, zog weiter nach Neapel. Von Mai bis August 1935 hielt er sich bei seiner Schwester Marita, die auch aus Deutschland geflohen war, auf der kroatischen Insel Šipanska Luka nahe Dubrovnik auf. Im Winter war er wieder in London, im Juni 1936 in Nizza, im September in San Ilario in Ligurien, anschließend in Nizza, Florenz und in Lastra a Signa vor den Toren der Arnostadt, erst in der Pensionsvilla seines einstigen Verlegers Kurt Wolff, dann in einem Landhäuschen, im August neuerlich in London, vier Wochen später in Nizza. Und schrieb und schrieb.

Ende April 1938 wurde er zehn Tage lang als »feindlicher Ausländer« auf der Festung von Massa interniert, verließ wenige Tage nach seiner Freilassung Italien. Es folgte neuerlich permanente Ortsruhelosigkeit, in einem sich schließenden Bogen: erst Nizza, dann Beaulieu-sur-Mer, dann London, von London zurück nach Paris nach Nizza nach Beaulieu-sur-Mer. Und er schrieb und schrieb. Im Februar 1939 bezog er dort ein Haus, wurde im September und Oktober zweimal in Antibes interniert, erneut im Mai 1940. Diesmal kam er ins berüchtigte Lager Les Milles, eine große, zum Internierungscamp umgewidmete Ziegelei. Auch Lion Feuchtwanger war Häftling. Später hielt dieser seine Erinnerungen fest: »Es gab kein Wasser, man konnte sich vor dem Kot nicht retten und nicht vor den dicken Schwärmen von Fliegen. Man wartete grimmig und machte Witze. Viele waren krank, alle wurden es. … Jede Scham hatte man sich im Lager schnell abgewöhnt. Niemand scheute sich, seine Hässlichkeiten und Gebrechen zu zeigen, die des Körpers wie der Seele.«

Als sich Gerüchte konkretisierten, die deutsche Wehrmacht nähere sich dem *camp*, setzte Walter Hasenclever, zwei Jahre zuvor von Hitler-Deutschland ausgebürgert, am 21. Juni 1940 mit Schlaftabletten seinem Leben ein Ende. Die Lebensangst war nach sieben Jahren zu groß geworden. Beigesetzt wurde er in einem Sammelgrab auf dem Friedhof Saint-Pierre in Aix-en-Provence.

Das ehemalige Internierungslager ist heute eine Gedenk- und Bildungsstätte namens Site-Mémorial du camp Les Milles. In der zentralen Halle dokumentieren zwölf Stelen einstige Insassen von Rang. Eine dieser Infosäulen ist Walter Hasenclever gewidmet. Sein Grab ist mit einer schwarzen Granitplatte bedeckt. Im Jahr 2020 standen die Ehrenvorsitzenden der Aachener Walter-Hasenclever-Gesellschaft, die jährlich einen Preis vergibt – unter den damit Geehrten sind Peter Rühmkorf und Herta Müller, Robert Menasse und Elfriede Jelinek –, bass erstaunt davor. Sie hatten keinerlei Kenntnis, wer in Frankreich (in Nizza, in dem Hasenclever gelebt, in Paris, das er geliebt und das ihn verzaubert hatte?) dies ausgelöst und bewirkt hatte, diese Grabplatte, auf der vier Worte stehen:

»Walter Hasenclever – Écrivain allemand«.

Zeittafel

1890
Walter Georg Alfred Hasenclever wird am 8. Juli als Sohn des Mediziners Carl Hasenclever und dessen Frauen Anni in Aachen geboren.

1908–1914
Abitur am Kaiser-Wilhelm-Gymnasium, anschließend Jusstudium in Oxford/GB, Lausanne/CH und Leipzig.

1909
Erste literarische Veröffentlichung: *Nirwana. Eine Kritik des Lebens in Dramaform.*

1910
Hasenclevers erster Gedichtband *Städte, Nächte und Menschen* erscheint bei E. W. Bonsels in München.

1914
Der Sohn, Theaterstück. Meldet sich freiwillig zum Militär, wird 1915 eingezogen, wandelt sich zum radikalen Pazifisten.

1917
Infolge Vortäuschung einer psychischen Krankheit Entlassung aus dem Kriegsdienst. Für sein Theaterstück *Antigone* erhält er den renommierten Kleist-Preis.

Ab 1918
Hasenclever lebt abwechselnd in Berlin, Dresden und im Erzgebirge. Beschäftigung mit Buddhismus, Mystizismus und Okkultismus.

1922
Gobseck, Theaterstück. Außerdem erscheint der Band *Gedichte an Frauen*.

Ab 1924
Bekanntschaft mit Kurt Tucholsky. Umzug nach Paris (bis 1928/29): Korrespondententätigkeit für das *8-Uhr-Abendblatt* (Berlin). Beschäftigung für diverse Zeitungen, Hasenclever ist Teil des intellektuellen Zirkels in Berlin und Paris, akribische Arbeit an seinem Werk.

1925
Hasenclever veröffentlicht seine Emanuel Swedenborg-Übersetzung *Himmel, Hölle, Geisterwelt*.

1926
Publikation von *Ein besserer Herr* (Komödie) sowie des Dramas *Mord*.

1928
Ehen werden im Himmel geschlossen, Komödie.

1929
Lässt sich in Berlin nieder. Reisen durch Europa und Nordafrika. *Napoleon greift ein*, Komödie.

1930
Drehbuchautor in Berlin für die Filmgesellschaft Metro-Goldwyn-Mayer (MGM), indem er die deutsche Fassung für einen Greta-Garbo-Film liefert (*Anna Christie*). Persönliches Kennenlernen mit der Garbo, die Hasenclever später in *Begegnung mit Greta Garbo* (1931) verabeitet.

1932
Christoph Kolumbus oder die Entdeckung Amerikas, Komödie, zusammen mit Kurt Tucholsky.

1933
Indexierung als den Nationalsozialisten unangenehmer Autor; Hasenclevers Werke werden bei den Bücherverbrennungen auf den Scheiterhaufen der Geschichte geworfen und aus allen Bibliotheken entfernt, was einem Berufsverbot gleichkommt.

1934
Ende des Jahres lässt er sich in Nizza/F nieder, später in Cagnes-sur-Mer bei Nizza, faktisch ein Gang ins Exil. Heirat mit Edith Schäfer. *Münchhausen*, Theaterstück.

1939
Konflikt in Assyrien, Komödie; Erstaufführung in London durch John Gielgud.

1940
Verhaftung als »feindlicher Ausländer« in Antibes. In der Nacht vom 21./22. Juni Suizid mit einer Überdosis Veronal im Internierungslager Les Milles/Aix-en-Provence. Sein Grab befindet sich auf dem Friedhof Saint-Pierre in Aix-en-Provence.

Quellennachweise

Reise nach Paris. Erschienen in: 8-Uhr-Abendblatt der National-Zeitung (Berlin), Jg. 77, Nr. 234, 4.10.1924. Auch in: Dresdner Anzeiger, Jg. 195, Nr. 450, 19.10.1924

Selbstmörder. Erschienen in: 8-Uhr-Abendblatt der National-Zeitung (Berlin), Jg. 77, Nr. 237, 8.10.1924

Pariserinnen. Erschienen in: 8-Uhr-Abendblatt der National-Zeitung (Berlin), Jg. 77, Nr. 251, 24.10.1924

Flohmarkt. Erschienen in: 8-Uhr-Abendblatt der National-Zeitung (Berlin), Jg. 78, Nr. 15, 19.1.1925. Auch in: Deutsche Zeitung Bohemia (Prag), Jg. 98, Nr. 22, 25.1.1925 und in: Dresdner Anzeiger, Jg. 195, Nr. 82, 18.2.1925

Paris um 3 Uhr nachts. Korrektur. Erscheinungen. Bal Musette. Der Garten Eden. Der Schlaf der Armen. Erschienen in: Deutsche Zeitung Bohemia (Prag), Jg. 98, Nr. 34, 8.2.1925. Auch in: 8-Uhr-Abendblatt der National-Zeitung (Berlin), Jg. 78, Nr. 34, 10.2.1925

Renoir wird versteigert. Erschienen in: Dresdner Anzeiger, Jg. 195, Nr. 301, 30.6.1925

Das Gastmahl der 50 Feinschmecker. Ein Menu, wie es nur alle fünf Jahr gegessen wird. Das Pariser Festessen zu Ehren des toten Brillat-Savarin. Erschienen in: Deutsche Zeitung Bohemia (Prag), Jg. 99, Nr. 39, 14.2.1926. Auch in: Dresdner Anzeiger, Jg. 196, Nr. 79, 16.2.1926

Paris tanzt! Erschienen in: Königsberger Hartungsche Zeitung, Nr. 326, 15.7.1926

Auf den großen Boulevards. Pariser Kaleidoskop in der Nacht. Erschienen in: Walter Hasenclever: Sämtliche Werke. Bd. III/1: Pariser Feuilletons 1924–1926. Bearb. v. Christoph Brauer u. a. Mainz 1996, S. 420 f.

In den Hallen von Paris. Erschienen in: Walter Hasenclever: Sämtliche Werke. Bd. III/2: Pariser Feuilletons 1924–1926. Bearb. v. Christoph Brauer u. a. Mainz 1996, S. 118 f.

Mimi Pinson ist längst begraben … Montmartre-Romantik. Erschienen in: 8-Uhr-Abendblatt der National-Zeitung (Berlin), Jg. 81, Nr. 140, 18.6.1928

Denen, die es zuerst gewagt haben … Der weiße Vogel. Erschienen in: Deutsche Zeitung Bohemia (Prag), Jg. 102, Nr. 247, 22.10.1929. Auch in: 8-Uhr-Abendblatt der National-Zeitung (Berlin), Jg. 82, Nr. 260, 6.11.1929

Kurt Tucholsky schreibt Walter Hasenclever. Erschienen in: Kurt Tucholsky: Politische Briefe. Hg. v. Fritz J. Raddatz. Reinbek 1969, S. 11 ff.